O Mágico de Oz

L. Frank Baum

adaptação de Lúcia Tulchinski
ilustrações de Camila de Godoy Teixeira

editora scipione

Gerente editorial
Sâmia Rios

Responsabilidade editorial
Mauro Aristides

Editor
José Paulo Brait

Revisores
Claudia Virgilio,
Rosalina Siqueira e
Gislene de Oliveira

Coordenadora de arte
Maria do Céu Pires Passuello

Programação visual de capa
Aída Cassiano

Elaboração do encarte
Thaís Bernardes Nogueira

editora scipione

Av. Otaviano Alves de Lima, 4400
Freguesia do Ó
CEP 02909-900 – São Paulo – SP

ATENDIMENTO AO CLIENTE
Tel.: 4003-3061

www.scipione.com.br
e-mail: atendimento@scipione.com.br

2023
ISBN 978-85-262-7698-7 – AL
ISBN 978-85-262-7699-4 – PR
Cód. do livro CL: 737149
2.ª EDIÇÃO
10.ª impressão

Impressão e acabamento
Vox Gráfica

• • •

Ao comprar um livro, você remunera e reconhece o trabalho do autor e de muitos outros profissionais envolvidos na produção e comercialização das obras: editores, revisores, diagramadores, ilustradores, gráficos, divulgadores, distribuidores, livreiros, entre outros.

Ajude-nos a combater a cópia ilegal! Ela gera desemprego, prejudica a difusão da cultura e encarece os livros que você compra.

• • •

Dados Internacionais de Catalogação na Publicação (CIP)
(Câmara Brasileira do Livro, SP, Brasil)

Tulchinski, Lúcia

   O Mágico de Oz / L. Frank Baum; adaptação de Lúcia Tulchinski; ilustrações de Camila de Godoy Teixeira — São Paulo: Scipione, 2003. (Série Reencontro Infantil)

   1. Literatura infantojuvenil I. Baum, L. Frank, 1856-1919. II. Teixeira, Camila de Godoy. III. Título. IV. Série.

03-4583   CDD-028.5

Índices para catálogo sistemático:
1. Literatura infantil 028.5
2. Literatura infantojuvenil 028.5

Sumário

A fúria do ciclone 5

Na Terra dos Munchkins 6

O Espantalho 8

O Homem de Lata 10

O Leão Covarde 12

Perigos à espreita 14

As papoulas mortíferas 16

A maravilhosa Cidade das Esmeraldas 20

Frente a frente com o Grande Oz 22

A caçada à Bruxa Malvada do Oeste 26

Operação resgate 30

Em busca do caminho 32

Uma revelação surpreendente 34

O sonho de Dorothy vai pelos ares 39

A Bruxa Boa do Sul 41

De volta para o Kansas 47

Quem foi L. Frank Baum? 48

Quem é Lúcia Tulchinski? 48

A fúria do ciclone

Dorothy era órfã e vivia com seus tios Henry e Emily no Kansas, Estados Unidos. Esse estado era frequentemente atingido por ciclones – ventos muito fortes que arrastavam tudo o que encontrassem pela frente.

A casa da menina tinha um abrigo no chão, o "porão dos ciclones". Ali, a família protegia-se da fúria dos ventos.

Naquele dia, tio Henry olhava preocupado para o céu cinzento.

– Um ciclone está chegando! – avisou ele. E saiu em disparada para prender as vacas e os cavalos.

– Depressa, Dorothy. Vamos para o porão! – gritou tia Emily.

Assustado, o cachorrinho Totó escondeu-se embaixo da cama. A menina correu para apanhá-lo.

Então, algo surpreendente aconteceu. A casa rodopiou três vezes, subiu até o topo do redemoinho e foi carregada pelo vento, sem que a menina pudesse fazer nada. Seus tios ficaram no porão.

Dorothy arrastou-se pelo chão da casa que voava, deitou-se na cama e, apesar do barulho do vento, adormeceu. Totó aconchegou-se ao lado dela. Só o ciclone parecia saber onde eles iriam parar.

Na Terra dos Munchkins

Quando Dorothy acordou, a casa já estava em terra firme. A menina abriu a porta e ficou surpresa ao ver uma paisagem de campos verdes, árvores frutíferas e flores.

De repente, três homens e uma mulher vieram em sua direção. A mulher curvou-se e disse:

– Seja bem-vinda, nobre feiticeira, à Terra dos Munchkins. Somos gratos por você ter matado a Bruxa Malvada do Leste!

– A senhora é muito gentil, mas... deve haver algum engano. Eu não matei ninguém – disse a menina.

– Você pode não ter matado, mas a sua casa sim – respondeu a mulher.

Foi quando Dorothy reparou que havia dois pés com sapatos prateados aparecendo por debaixo da casa, na parte lateral.

– Coitada! A casa caiu em cima dela! – espantou-se a menina.

– A Bruxa Malvada do Leste teve o fim que merecia. Ela escravizou os Munchkins por muitos anos – explicou a mulher.

– A senhora é uma Munchkin? – Dorothy quis saber.

– Não, eu sou a Bruxa do Norte, amiga dos Munchkins.

– Uma bruxa de verdade? – perguntou a menina, surpresa.

– Sim, mas sou uma bruxa boa, não faço maldades.

– Mas tia Emily me disse que não existem mais bruxas...

– Então, ela nunca deve ter ouvido falar na Terra de Oz. Aqui ainda há bruxas e mágicos – esclareceu a Bruxa do Norte.

– A senhora disse "mágicos"? – admirou-se Dorothy.

– Isso mesmo. Oz é um grande mágico, o mais poderoso que já existiu. Ele mora na Cidade das Esmeraldas.

De repente, o corpo da Bruxa Malvada do Leste desapareceu e só restaram os sapatos prateados.

– Ela era tão velha que virou pó! Pegue os sapatos para você, querida – disse a Bruxa do Norte.

Dorothy calçou os sapatos. Então, perguntou aos Munchkins e à mulher como poderia voltar para o Kansas.

– No Leste há um grande deserto – respondeu um dos Munchkins.

– No Sul também só tem areia – disse outro.

– No Oeste, você seria escravizada pela bruxa que vive ali – falou o terceiro.

– O Norte também é um deserto – completou a Bruxa do Norte.

Dorothy começou a chorar. Pelo visto, nunca mais encontraria tio Henry e tia Emily. Ao vê-la tão triste, os Munchkins desmancharam-se em lágrimas. Nisso, a Bruxa do Norte tirou o chapéu da cabeça, equilibrou-o na ponta do nariz e disse:

– Um, dois, três.

O chapéu transformou-se num quadro-negro, no qual apareceu a mensagem:

Dorothy deve ir à Cidade das Esmeraldas.

– Prepare-se, meu bem, para ir à Cidade das Esmeraldas. O Mágico de Oz talvez possa ajudá-la a voltar para casa.

– E como eu faço para chegar a essa tal Cidade das Esmeraldas? – perguntou a menina, enxugando as lágrimas.

– Siga pela Estrada de Tijolos Amarelos – disse a Bruxa do Norte.

Então, a mulher beijou a testa de Dorothy, deixando uma marca brilhante. Depois, girou três vezes e desapareceu. Os três Munchkins fizeram uma reverência e também sumiram entre as árvores.

O Espantalho

Dorothy não via a hora de partir ao encontro do Mágico de Oz. Ela preparou alguns sanduíches, pegou água e frutas frescas.

– Vamos, Totó, para a Cidade das Esmeraldas!

O sol iluminava o caminho. Plantações de cereais e hortaliças espalhavam-se ao longo da Estrada de Tijolos Amarelos. As casas eram redondas, azuis e com grandes cúpulas no telhado.

Ao anoitecer, Dorothy e seu cãozinho passaram em frente a uma casa onde as pessoas dançavam no jardim enquanto músicos tocavam animadamente. Todos cumprimentaram a menina. Boq, o dono da casa, convidou-a para participar da comemoração.

Dorothy passou a noite na casa de Boq. Na manhã seguinte, ela agradeceu a hospedagem, despediu-se e partiu.

Depois de andar vários quilômetros pela Estrada de Tijolos Amarelos, a menina e o cachorro pararam para descansar perto de um milharal. Ali, havia um espantalho com roupas azuis, botas e um chapéu pontudo. Ele piscou para ela e disse:

– Bom dia! Como vai?

– Muito bem, obrigada. E você?

– Nada bem. É muito chato ficar aqui parado.
– Você não pode sair daí? – perguntou a menina.
– Não, mas se você soltar a estaca espetada nas minhas costas, talvez eu possa.

O Espantalho era leve, e não foi difícil soltá-lo.

– Puxa, obrigado! Estou me sentindo muito melhor! Mas quem é você? Acho que nunca a vi por aqui antes.
– Meu nome é Dorothy. Estou indo à Cidade das Esmeraldas para falar com o Mágico de Oz.
– E onde fica esse lugar? – quis saber o Espantalho.
– Você mora aqui e não sabe? – estranhou a menina.
– Não! Sou feito de palha e não tenho cérebro – disse ele, com um ar tristonho. – Se eu for com você, será que o Mágico de Oz me arruma um cérebro? – animou-se o Espantalho.
– Não sei, mas você pode tentar – respondeu Dorothy.

Os três seguiram juntos rumo à Cidade das Esmeraldas. Ao escurecer, encontraram uma cabana de madeira abandonada para passar a noite.

O Homem de Lata

No dia seguinte, Dorothy, Totó e o Espantalho ouviram um gemido.
– Ei, o que foi isso? – quis saber a menina.
– Não faço a menor ideia – respondeu o Espantalho.
Eles seguiram na direção do ruído e encontraram um homem de lata com um machado nas mãos.
– Foi você quem gemeu? – perguntou Dorothy.
– Foi – disse o Homem de Lata. – Faz um ano que estou aqui, mas nunca ninguém veio me socorrer. Minhas juntas estão tão enferrujadas que eu nem consigo me mexer.
Dorothy correu e pegou uma lata de óleo que havia na cabana. Ela lubrificou o pescoço, os braços e as pernas do Homem de Lata. Logo, ele estava se movendo com facilidade.
– Obrigado! – agradeceu ele. – Aonde vocês estão indo?
– À Cidade das Esmeraldas, para encontrar o Grande Oz.
– E por que vocês querem encontrá-lo?
– Eu quero voltar para o Kansas, e o Espantalho quer um cérebro – disse a menina.
– Será que o Grande Oz poderia me dar um coração? – quis saber o Homem de Lata.
– Se ele puder dar um cérebro para o Espantalho, certamente poderá dar um coração para você – disse Dorothy.
– Então, eu vou com vocês! – decidiu o Homem de Lata.

A caminho da Cidade das Esmeraldas, o Homem de Lata contou sua história para os novos amigos.

– Sou lenhador, como meu pai. Um dia, a Bruxa Malvada do Leste encantou meu machado. Primeiro, ele escorregou da minha mão e me cortou a perna esquerda. Depois, atingiu a outra perna e os braços. Com a ajuda de um ferreiro, troquei tudo por membros de lata. A bruxa não sossegou e fez o machado cortar-me ao meio. O ferreiro me ajudou novamente, construindo um tronco de lata para mim. Mas eu perdi o coração. É por isso que eu quero pedir outro ao Grande Oz.

O Leão Covarde

    O caminho para a Cidade das Esmeraldas tornava-se cada vez mais difícil. Dorothy e seus amigos tiveram de contornar muitos obstáculos. No lugar das plantações, havia uma floresta.
    De repente, um rugido terrível surpreendeu a todos:
    – Uaaaaaaaaa!!!
    Um enorme leão apareceu na estrada e, logo na primeira patada, derrubou o Espantalho. Depois, jogou o Homem de Lata no chão. Em seguida, ameaçou Totó com sua bocarra.
    Dorothy avançou na fera, esmurrou seu focinho e gritou:
    – Que vergonha! Um leão atacando um cãozinho.
    – Mas, mas... eu não o ataquei – defendeu-se o Leão.
    – É, mas ele escapou por um triz. Você é um covarde!
    – Eu sei – disse o Leão, envergonhado. – Mas, como Rei dos Animais, tenho de me mostrar valente, embora seja medroso. Por isso, aprendi a rugir para afugentar os outros.
    – Essa não! Um leão covarde! – comentou o Espantalho.

– Basta eu pressentir um perigo que o meu coração dispara – lamentou o Leão Covarde, choramingando.

– Você tem um coração. Sorte sua! – disse o Homem de Lata.

– E aposto que você tem um cérebro também! – acrescentou o Espantalho. – Vou pedir ao Grande Oz para me arrumar um.

– Humm... Será que o tal Oz poderia me dar coragem? – perguntou o Leão Covarde.

– Não custa tentar! – disse Dorothy, animada.

– Então, vamos! – falou o Leão Covarde.

Perigos à espreita

Dorothy e seus amigos acamparam na floresta para descansar. Na manhã seguinte, tiveram uma surpresa: havia um buraco enorme na estrada, com rochas grandes e pontiagudas.

– Como vamos atravessar? – perguntou Dorothy, aflita.

– Precisamos saltar sobre o buraco – disse o Espantalho.

– Isso é fácil para mim! – gabou-se o Leão Covarde.

– Que tal você me levar nas costas? – sugeriu o Espantalho. – Se eu cair, não vou me machucar. Isso servirá como teste.

Assim, o Leão Covarde saltou sobre o buraco, com o Espantalho nas costas. Depois levou Dorothy e, em seguida, o Homem de Lata.

Mais tarde, outro buraco surgiu na estrada. Desta vez, era tão largo que nem o Leão conseguiria pular.

– Há uma árvore enorme ali. Basta derrubá-la que ela servirá como ponte – sugeriu o Espantalho.

O Homem de Lata cortou a árvore com o machado. Depois, o Leão usou sua força e empurrou o tronco sobre o buraco.

Quando o grupo ia atravessar a ponte, duas feras com corpo de urso e cabeça de tigre começaram a persegui-los.

– São os Kalindas! – disse o Leão Covarde, amedrontado.

– Rápido! Não temos tempo a perder! – gritou o Espantalho.

Enquanto a menina e seus amigos cruzavam a ponte, o Leão rugia para assustar os monstros.

Porém, os Kalindas continuaram a persegui-los. Quando alcança-ram o meio da ponte, o grupo de Dorothy já estava no outro lado.

Então, num golpe certeiro, o Homem de Lata usou o machado e cortou o tronco que servia de ponte. As feras caíram no abismo e desapareceram para sempre.

– Ufa, essa foi por pouco! – disse o Leão Covarde.

Mais adiante, um rio interrompia a estrada.

– Como vamos atravessá-lo? – quis saber a menina.

– O Homem de Lata poderia cortar algumas árvores e construir uma jangada – sugeriu o Espantalho.

– É pra já! – concordou ele.

Dorothy deitou-se na grama e dormiu. Em seus sonhos, ela já estava na Cidade das Esmeraldas.

As papoulas mortíferas

A jangada só ficou pronta na manhã seguinte.
– Hora de embarcar, pessoal! – anunciou o Homem de Lata.
Dorothy sentou-se no meio da embarcação com Totó. O Leão Covarde acomodou-se numa das pontas, e o Espantalho e o Homem de Lata, na outra. Então, eles começaram a travessia impulsionando a jangada com a ajuda de varas de madeira. De repente, a correnteza passou a conduzir a jangada rio abaixo.
– Se não chegarmos à outra margem, seremos levados para a Terra da Bruxa Malvada do Oeste – disse o Homem de Lata.
– Segurem-se! – gritou o Espantalho.
Então, ele empurrou a vara de madeira com tanta força que ela ficou presa no fundo do rio. A correnteza levou a jangada com Dorothy, Totó, o Homem de Lata e o Leão Covarde. O Espantalho ficou pendurado no topo da vara, no meio do rio.
O Leão Covarde pulou no rio e nadou em direção à margem, com o Homem de Lata agarrado em sua cauda, puxando a jangada. Dorothy ajudava a empurrá-la com a vara de madeira.
Foi difícil, mas o plano deu certo: eles se livraram da correnteza e chegaram ao outro lado do rio. Depois, seguiram pela margem até onde o Espantalho estava.
– Precisamos salvá-lo – falou a menina.
De repente, uma cegonha pousou perto do grupo.

– Olá! Quem são vocês e aonde estão indo?

– Eu sou Dorothy, e estes são o Leão Covarde e o Homem de Lata. Aquele ali no meio do rio é o Espantalho.

– Nós estamos indo à Cidade das Esmeraldas para ver o Grande Oz – disse o Homem de Lata.

– Mas, antes, temos de salvar o nosso amigo de palha – insistiu a menina.

– Se ele não fosse tão grande e pesado, eu bem que poderia ajudá-lo – explicou a Cegonha.

– Mas ele é feito de palha. É leve! – animou-se Dorothy.

– Bem, então eu posso tentar! – falou a Cegonha.

A ave voou na direção do Espantalho, agarrou-o e carregou-o pelos ares, deixando-o são e salvo na margem.

O Espantalho abraçou a todos e agradeceu à Cegonha.

– Adeus e boa sorte para vocês! – disse a ave.

– Adeus!!! – responderam todos.

O grupo retomou a caminhada e logo chegou a um campo coberto de lindas papoulas vermelhas. Dorothy, que adorava flores, parou para sentir o perfume de uma delas.

– Que delícia! – comentou ela.

O aroma das flores tornou-se cada vez mais forte. Os olhos da menina ficaram pesados, e ela não conseguia mais ficar de pé. Totó já estava dormindo.

– O que vamos fazer? – preocupou-se o Homem de Lata.

– Precisamos tirá-la daqui, senão ela morrerá! – disse o Leão Covarde, começando a bocejar.

O cheiro das flores não afetava o Homem de Lata nem o Espantalho, pois eles não eram de carne e osso.

– Fuja depressa, Leão, você é muito pesado para ser carregado! – falou o Espantalho.

O Leão Covarde saiu correndo. O Homem de Lata e o Espantalho fizeram uma cadeirinha com os braços, colocaram Totó no colo de Dorothy e, então, carregaram os dois para fora do campo de papoulas.

No caminho, eles encontraram o Leão adormecido no chão.

– Não podemos fazer nada por ele – disse o Homem de Lata.

– Que pena! – lamentou o Espantalho.

Os dois acomodaram Dorothy e Totó na grama e ficaram esperando que eles acordassem.

De repente, viram um lince amarelo perseguindo uma rata cinzenta. O Homem de Lata ficou com pena da ratinha. E, com um golpe certeiro, atirou seu machado no lince. A fera caiu morta no chão imediatamente.

– Obrigada! – agradeceu a ratinha. – Você salvou minha vida.

– Eu não tenho coração, mas gosto de ajudar os outros, até mesmo uma rata – respondeu o Homem de Lata.

– Pois fique sabendo que eu sou a Rainha dos Ratos Silvestres, e você é um herói por ter salvado a minha vida.

Centenas de ratos rodearam a Rainha Ratinha.

– Três vivas à rainha! – gritou um ratinho.

– Viva! Viva! Viva! – saudaram os ratos.

– Eu fui salva por esse homem de lata. De agora em diante, devemos atender a todos os desejos dele! – disse a rainha.

– Diga-nos, Homem de Lata, o que podemos fazer para recompensá-lo por sua bravura? – perguntou um dos ratinhos.

– Nada... nada – respondeu o Homem de Lata.

O Espantalho teve uma ideia:

– Vocês podem salvar o Leão Covarde, nosso amigo, que está adormecido no campo de papoulas.

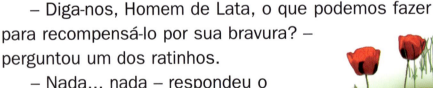

– Um leão??? Você deve estar brincando. Ele iria nos devorar em segundos! – disse a Rainha Ratinha.

– Ele é medroso. Só sabe rugir! – garantiu o Espantalho.

– Está bem! – concordou a rainha. – Vocês têm um plano?

– Peço-lhe, Majestade, que chame todos os ratos que estão sob suas ordens e que cada um deles traga um cordão – disse o Espantalho.

As ordens da rainha foram transmitidas na mesma hora. Logo, milhares de ratos silvestres apareceram.

Enquanto isso, o Homem de Lata cortou algumas árvores com seu machado e fez um carro de madeira.

Ao acordar, Dorothy foi apresentada à Rainha Ratinha pelo Espantalho.

O Espantalho e o Homem de Lata amarraram uma das pontas dos cordões em volta do pescoço de cada rato e a outra no carro de madeira. Então, seguiram para o campo de papoulas.

Com muito esforço, o Leão Covarde adormecido foi colocado em cima do carro. O Homem de Lata e o Espantalho ajudaram a empurrar o veículo e, assim, o animal foi transportado para longe das flores soníferas.

– Obrigada, ratinhos – agradeceu Dorothy.

Antes de partir, a rainha presenteou-os com um apito:

– Se vocês precisarem de ajuda, basta soprá-lo.

A maravilhosa Cidade das Esmeraldas

Quando o Leão Covarde acordou, o grupo continuou a viagem pela Estrada de Tijolos Amarelos. O caminho agora era rodeado por plantações e casas verdes. Pessoas vestidas de verde apareciam nas portas e janelas para vê-los.

– Amigos, acho que estamos perto da Cidade das Esmeraldas! – disse Dorothy.

Quando eles se aproximaram de uma fazenda, Dorothy tocou a campainha. Uma mulher abriu a porta e, ao ver o estranho grupo, deixou apenas uma fresta aberta.

– O que você deseja, menina? – perguntou ela.

– Precisamos de um lugar para dormir – respondeu Dorothy.

– Todos vocês? Até mesmo esse leão feroz?

– Sim. Mas ele é manso. Não precisa ter medo.

– Está bem! Entrem! – concordou a mulher.

Na hora do jantar, o dono da casa quis saber:

– Aonde vocês estão indo?

– À Cidade das Esmeraldas, para ver o Grande Mágico de Oz – respondeu Dorothy.

– Se eu fosse vocês, não teria tanta certeza de que Oz irá recebê-los – disse o homem. – Já fui várias vezes lá e nunca consegui vê-lo.

Depois do jantar, a dona da casa providenciou um quarto confortável para Dorothy e seus amigos passarem a noite.

No dia seguinte, eles prosseguiram a viagem.

De repente, o grupo avistou um estranho brilho verde no céu.

– Deve ser a Cidade das Esmeraldas! – disse a menina.

O brilho ficava mais forte à medida que eles avançavam. Uma enorme muralha verde cercava a cidade. No meio dela havia um grande portão decorado com esmeraldas.

20

Dorothy tocou a campainha ao lado do portão. Na guarita, apareceu um homem vestido de verde, o Guardião dos Portões.

– O que vocês desejam? – perguntou ele.

– Ver o Grande Oz! – respondeu Dorothy.

– Se vieram por algum motivo tolo, é melhor darem meia-volta. O mágico é poderoso. Se ele se enfurecer, pode destruí-los – disse o homem.

– Temos motivos importantes para falar com ele – esclareceu o Espantalho. – Além disso, soubemos que é um mágico bom.

– É verdade! – falou o guardião. – O Mágico de Oz governa a Cidade das Esmeraldas com muita sabedoria. Mas, se vocês pretendem entrar, precisam pôr os óculos.

– Óculos? Por quê? – perguntou Dorothy.

– Sem eles, o brilho da Cidade das Esmeraldas pode cegá-los – explicou o Guardião dos Portões.

Dorothy, o Espantalho, o Homem de Lata, o Leão Covarde e até mesmo Totó receberam um par de óculos cada um. Eles ficavam presos à cabeça por meio de fitas unidas por um cadeado. A chave ficava em poder do Guardião dos Portões.

O guardião também pôs seus óculos, e o grupo o seguiu. Atravessaram outro portão e, finalmente, entraram na cidade.

Frente a frente com o Grande Oz

A Cidade das Esmeraldas tinha um brilho impressionante. O chão era de mármore verde; fileiras de esmeraldas formavam desenhos geométricos nas calçadas; as vidraças e as paredes das casas eram verdes. Nas lojas, só se vendiam artigos verdes. Até as pipocas e as moedas para comprá-las eram verdes!

O Palácio de Oz ficava no meio da cidade. Ao chegarem lá, Dorothy e seus amigos encontraram um soldado na porta de entrada.

— Estes estrangeiros querem falar com o Grande Oz — explicou o Guardião dos Portões.

— Entrem! — falou o soldado de bigode verde.

O grupo foi conduzido a um salão com móveis cravejados de esmeraldas, cortinas e tapetes verdes.

— Fiquem à vontade, enquanto eu vou avisar o Grande Oz que vocês desejam vê-lo — disse um outro guarda.

Após uma longa espera, o guarda voltou e explicou que o mágico iria recebê-los no dia seguinte.

Dorothy e seus amigos foram acomodados em quartos verdes, decorados com objetos verdes e uma minúscula fonte que lançava jatos de perfume verde no ambiente.

No dia seguinte, a menina foi a primeira a ser chamada para falar com o mágico.

A Sala do Trono era redonda. As paredes, o teto e o piso eram cravejados de esmeraldas ainda mais brilhantes do que todas as outras. Um trono gigantesco de mármore verde ficava no centro da sala. Nele havia uma cabeça enorme, sem corpo, que provocou calafrios em Dorothy.

— Eu sou Oz, o Grande e Terrível. Quem é você e por que veio até mim?

— Eu sou Dorothy. Estou aqui porque preciso de sua ajuda.

— Onde você conseguiu esses sapatos prateados e essa marca brilhante na testa? — perguntou Oz.

22

— Os sapatos eram da Bruxa Malvada do Leste. A marca foi um presente da Bruxa Boa do Norte.

— Entendo... E o que você deseja me pedir?

— Eu quero voltar para a minha terra, o Kansas.

— E por que eu deveria ajudá-la?

— Porque é um mágico poderoso, e eu sou só uma menina.

— Preste atenção: se você quer que eu a mande de volta para o Kansas, terá de fazer algo por mim antes – disse o mágico.

— O quê? – perguntou Dorothy.

— Matar a Bruxa Malvada do Oeste. Ela é a única bruxa má que restou nestas terras.

— Mas eu não vou conseguir fazer isso! – falou Dorothy, pondo-se a chorar.

— Pare de choramingar, menina. Se quiser mesmo realizar seu desejo, venha me procurar quando tiver cumprido sua missão.

Na manhã seguinte, o Espantalho foi recebido pelo Mágico de Oz. Havia uma linda jovem sentada no trono de esmeralda.

– Eu sou Oz, o Grande e Terrível. Quem é você e por que veio até mim?

– Eu sou o Espantalho. Vim aqui para lhe pedir um cérebro.

– E por que eu deveria ajudá-lo?

– Porque você é sábio e poderoso – respondeu o Espantalho.

– Se você quer um cérebro, terá de matar a Bruxa Malvada do Oeste.

No outro dia, Oz assumiu a forma de uma fera com cabeça de rinoceronte, cinco olhos, braços e pernas, para falar com o Homem de Lata.

– Eu sou Oz, o Grande e Terrível. Quem é você e por que veio até mim?

– Eu sou o Homem de Lata e vim lhe pedir um coração.

– E por que eu deveria ajudá-lo? – perguntou Oz.

– Porque você é um mágico poderoso!

– Se você quer um coração, terá de merecê-lo. Ajude Dorothy a matar a Bruxa Malvada do Oeste – disse a fera.

No dia seguinte, uma enorme bola de fogo surpreendeu o Leão Covarde na Sala do Trono.

– Eu sou Oz, o Grande e Terrível. Quem é você e por que veio até mim?

– Eu sou o Leão Covarde. Vim aqui para lhe pedir coragem.

– E por que eu deveria ajudá-lo? – perguntou Oz.

– Porque você é o maior mágico que existe – disse o Leão.

– Atenderei ao seu pedido se você me trouxer provas de que a Bruxa Malvada do Oeste morreu – disse o mágico.

O Leão Covarde foi ao encontro de seus amigos, que estavam reunidos no quarto do Espantalho.

– O que vamos fazer agora, pessoal? – perguntou Dorothy.

– Precisamos ir à Terra dos Winkies matar a Bruxa Malvada do Oeste – respondeu o Leão Covarde.

– E se nós não conseguirmos matá-la? – insistiu a menina.

– Adeus, coragem! – disse o Leão.
– Adeus, cérebro! – choramingou o Espantalho.
– Adeus, coração! – resmungou o Homem de Lata.
Apesar do medo do fracasso, o grupo decidiu partir no dia seguinte para cumprir a missão imposta pelo Mágico de Oz.

A caçada à Bruxa Malvada do Oeste

De manhã bem cedo, Dorothy e seus amigos perguntaram ao Guardião dos Portões:

– Que caminho devemos seguir para encontrar a Bruxa Malvada do Oeste?

– Sigam na direção oeste. Assim que a bruxa souber que vocês estão na Terra dos Winkies, irá encontrá-los!

O grupo seguiu a indicação do Guardião dos Portões.

A Bruxa Malvada do Oeste, que tinha apenas um olho, mas que podia ver tudo, logo descobriu que Dorothy e seus amigos estavam em suas terras. Furiosa, ela soprou um apito de prata. Centenas de lobos apareceram no castelo.

– Matem os forasteiros! – ordenou a bruxa.

Quando o chefe da matilha aproximou-se do grupo, o Homem de Lata atirou o machado na cabeça dele, matando-o. Depois atingiu outro e mais outro, até acertar quarenta lobos.

A bruxa não ficou nada satisfeita ao perceber que seu plano havia falhado. Ela tocou o apito de prata duas vezes. Em poucos segundos, um bando de corvos rodeou o palácio.

– Arranquem os olhos dos intrusos! – ordenou a bruxa.

O Espantalho foi o primeiro a avistar os corvos.

– Deixem essas aves agourentas comigo! – disse ele.

Dorothy, o Homem de Lata e o Leão deitaram-se no chão. O Espantalho esticou os braços, como costumava fazer no milharal.

– É apenas um homem de palha. Vamos arrancar os olhos dele! – gritou o Rei dos Corvos.

Assim que um corvo se aproximou, o Espantalho agarrou-o e torceu-lhe o pescoço. Um a um, os outros tiveram

o mesmo destino. Por fim, havia quarenta aves mortas no chão.

    A Bruxa Malvada do Oeste ficou furiosa ao descobrir o que tinha acontecido. Então, ela tocou o apito de prata três vezes. Uma nuvem de abelhas cercou o palácio.

    – Encontrem os forasteiros e acabem com eles a ferroadas – ordenou a bruxa à Rainha das Abelhas.

    O Homem de Lata viu as abelhas ao longe e avisou o Espantalho, que teve uma ideia:

    – Tire a minha palha e cubra Dorothy, o Leão e Totó.

As abelhas encontraram apenas o Homem de Lata para picar. Assim, perderam seus ferrões e caíram mortas no chão.

Dorothy e o Homem de Lata devolveram a palha ao Espantalho, e o grupo prosseguiu a viagem.

A Bruxa Malvada do Oeste resolveu então chamar doze escravos Winkies e deu-lhes as espadas mais afiadas do reino, ordenando-lhes que matassem os forasteiros.

Os Winkies tentaram cumprir as ordens da bruxa. Porém, o Leão Covarde deu um de seus rugidos potentes e saltou na direção deles. Todos saíram correndo, amedrontados.

Furiosa, a bruxa decidiu usar seu capuz encantado. Era de ouro, bordado com diamantes e rubis. Com ele, poderia chamar os Macacos Alados, que obedeceriam a três ordens. Ela o vestiu e, apoiando-se ora na perna esquerda, ora na direita, pronunciou as palavras mágicas.

Alguns minutos depois, o céu ficou escuro. Enormes macacos com asas nas costas aproximaram-se do palácio.

– Qual é o seu desejo? – perguntou o líder do bando.

– Destruam os forasteiros, menos o leão!

Pouco depois, alguns macacos apanharam o Homem de Lata e o atiraram num buraco cheio de pedras pontudas.

Em seguida, arrancaram toda a palha do Espantalho e jogaram o chapéu, as roupas e os sapatos dele no alto de uma árvore.

O Leão Covarde tentou resistir, mas os Macacos Alados o amarraram com cordas e o levaram até o palácio da bruxa, onde o prenderam num cercado de ferro.

O chefe dos Macacos Alados agarrou Dorothy. Porém, ao ver a marca da Bruxa do Norte em sua testa, ordenou aos outros que não a machucassem. Entregaram-na à bruxa e desapareceram.

A bruxa não gostou de ver a marca do Bem na testa de Dorothy. Ficou ainda mais desconcertada ao reparar nos sapatos prateados. Ela sabia que eram mágicos e poderiam atingi-la.

– Trate de me obedecer, menina – disse a bruxa. – Lave os caldeirões e a louça. Depois, varra o chão e ponha lenha no fogo! – ordenou.

A bruxa foi até o pátio para colocar arreios no Leão Covarde, mas ele deu um rugido tão forte que ela desistiu.

— Se quiser comer, você terá de me obedecer! — ameaçou.

Durante dias, ela tentou colocar os arreios no animal. Ele recusava a comida e não a deixava se aproximar. A mulher não sabia que todas as noites, enquanto dormia, Dorothy o alimentava.

Um dia, a bruxa pôs uma barra de ferro no chão da cozinha e tornou-a invisível. Quando Dorothy passou, tropeçou na barra e caiu. Um dos sapatos prateados saiu do pé da menina. A bruxa apanhou-o e calçou-o.

— Devolva o meu sapato! — disse Dorothy.
— De jeito nenhum! — respondeu a bruxa.

Irritada, Dorothy jogou um balde de água na bruxa. A malvada deu um grito horripilante, caiu no chão e derreteu como manteiga em frigideira quente.

A menina varreu os restos da bruxa para fora do palácio, calçou o sapato prateado e foi ao encontro do Leão Covarde.

Operação resgate

Dorothy e o Leão Covarde convocaram os Winkies e anunciaram que a bruxa havia morrido e eles estavam livres.

No dia seguinte, acompanhados de um grupo de Winkies, partiram em busca do Homem de Lata.

Ele estava tão amassado que mal podia ser reconhecido. Então, os Winkies chamaram seus funileiros para consertá-lo.

Durante três dias e quatro noites, trabalharam sem parar: martelaram, torceram, soldaram e poliram o Homem de Lata.

Ao vê-lo inteiro novamente, Dorothy chorou de alegria:

— Que bom tê-lo de volta, meu amigo!

— Uaaaaaaaaa!!! — saudou o Leão.

No outro dia, os três, acompanhados dos Winkies, saíram em busca do Espantalho.

Ao encontrarem a árvore onde estavam as roupas do Espantalho,

eles fizeram várias tentativas, mas não conseguiram subir. O tronco era muito liso e escorregadio.

O Homem de Lata, que havia ganhado um machado com cabo de ouro dos funileiros Winkies, disse:

– Deixem comigo!

Ele derrubou a árvore e pegou as roupas do Espantalho.

De volta ao castelo, os Winkies rechearam as roupas com palha limpa, e o Espantalho voltou à vida.

Todos o abraçaram e comemoraram seu retorno.

Dorothy e seus amigos passaram alguns dias no Castelo Amarelo. Depois, decidiram voltar à Cidade das Esmeraldas para cobrar as promessas feitas pelo Mágico de Oz.

Antes de partirem, o Homem de Lata foi convidado a governar a Terra Amarela do Oeste quando desejasse.

Ao pegar comida para a viagem na cozinha do palácio, Dorothy encontrou o capuz de ouro. Sem saber de seu poder, ela decidiu usá-lo.

Em busca do caminho

Dorothy e seus amigos andaram dias a fio sem saber onde estavam.

– Estamos perdidos! Nunca vou ganhar um cérebro – lamentou o Espantalho.

– Não sabia que seria preciso andar tanto para ter um coração – reclamou o Homem de Lata.

– Acho que não vou ter forças para conseguir a coragem que tanto desejo – comentou o Leão Covarde.

– Já sei! Vamos pedir ajuda para os Ratos Silvestres! – sugeriu Dorothy.

A menina soprou o apito presenteado pela Rainha Ratinha. Em poucos minutos, centenas de ratinhos apareceram.

– Olá! O que vocês desejam? – perguntou a rainha.

– Queremos ir para a Cidade das Esmeraldas – respondeu Dorothy.

Reparando no capuz de Dorothy, ela falou:

– Por que você não usa o capuz de ouro e chama os Macacos Alados? Eles poderão levá-los até lá num piscar de olhos.

O Mágico de Oz

L. Frank Baum

adaptação de Lúcia Tulchinski
ilustrações de Camila de Godoy Teixeira

*Um ciclone levou Dorothy e Totó para uma terra desconhecida. Lá a menina conheceu o Espantalho, o Homem de Lata e o Leão Covarde, entre outras criaturas. Ela queria voltar para casa, e só o Mágico de Oz poderia ajudá-la.
Para chegar até ele, Dorothy teria de percorrer um longo caminho até a Cidade das Esmeraldas.*

Este encarte faz parte do livro. Não pode ser vendido separadamente.

editora scipione

Os personagens

1 Na Terra de Oz, Dorothy fez alguns amigos. Assim como a menina, todos tinham um desejo. Relacione as colunas.

(a) Não ficar mais preso no palácio

(b) Livrar-se do feitiço de Gayelette

(c) Ter um coração

(d) Voltar para o Kansas

(e) Ter coragem

(f) Ter um cérebro

(   ) Dorothy

(   ) Espantalho

(   ) Mágico de Oz

(   ) Homem de Lata

(   ) Macacos Alados

(   ) Leão Covarde

2 Você se lembra dos personagens da história? Escreva os nomes abaixo de cada descrição.

a) Bruxa que recebeu Dorothy na Terra dos Munchkins.

_____

b) Cãozinho companheiro de Dorothy.

_____

c) Queria um cérebro.

_____

d) Tios de Dorothy que viviam no Kansas.

_____

e) Homem para quem Dorothy e seus amigos fizeram pedidos.

_____

f) Bruxa que deveria ser eliminada a pedido de Oz.

_____

g) Pediu coragem ao Mágico de Oz.

_____

h) Perdeu o coração por causa do feitiço de uma bruxa.

_____

i) Menina que o ciclone levou para a Terra de Oz.

_____

j) Bruxa que devolveu o capuz de ouro ao Rei dos Macacos Alados.

_____

3 Agora, encontre os nomes dos personagens no diagrama.

B	R	U	X	A	M	A	L	V	A	D	A	D	O	O	E	S	T	E	L
G	O	S	W	Y	F	V	Ã	L	D	G	A	T	E	A	O	P	E	S	E
K	B	R	U	X	A	D	O	N	O	R	T	E	P	M	S	C	X	P	Ã
Q	W	G	W	T	A	T	Ó	C	R	K	I	G	G	L	I	N	D	A	C
J	D	S	L	Z	O	L	E	Ã	O	C	O	V	A	R	D	E	T	N	O
H	O	M	E	M	D	E	L	A	T	A	H	U	C	V	D	A	H	T	A
X	R	A	Ã	R	J	P	S	A	O	Y	E	U	D	A	Z	E	K	A	D
H	O	I	Z	H	X	E	N	R	T	I	N	O	C	D	H	V	W	L	E
C	T	J	Ç	U	I	P	V	R	Ó	Y	R	R	D	A	I	G	H	H	G
V	H	M	Y	M	Á	G	I	C	O	D	E	O	Z	D	N	B	Á	O	A
K	Y	A	Q	I	C	E	D	R	W	G	L	Á	F	T	A	E	O	S	T
F	T	I	A	E	M	I	L	Y	C	T	I	O	H	E	N	R	Y	Ã	O

Revivendo as aventuras

 Vamos recordar a sequência da história? Numere as cenas na ordem correta.

2 Antes de voltar para o Kansas, Dorothy passou por muitos lugares. Será que você consegue traçar no labirinto os caminhos percorridos pela menina, desde a Terra dos Munchkins?

Os lugares da história

1. Dorothy morava no Kansas, nos Estados Unidos. Tanto esse país como o Brasil estão no continente americano. Identifique-os no mapa, pintando-os com cores diferentes. Em seguida, escreva o nome das suas capitais nos retângulos.

2 O Kansas é conhecido como o "Estado do Girassol", por ter a maior produção de sementes dessa flor nos Estados Unidos. Pesquise e descubra qual é o produto mais importante para a economia do seu estado. Depois, crie um apelido para ele.

_____

_____

3 Desenhe o lugar da Terra de Oz de que você mais gostou e explique por que o escolheu.

_____

_____

Você se lembra da Cidade de Porcelana? Encontre sete diferenças entre os dois desenhos.

Os sentidos de Oz

1 Dorothy e seus amigos passaram por um campo de papoulas mortíferas. Na história, essas flores eram perigosas, mas, na realidade, são muito cheirosas. Você conhece outras flores perfumadas? Escreva o nome de três delas e diga qual é a sua preferida.

_____

_____

2 Quando Dorothy conheceu o Espantalho, ele estava em uma plantação de cereais e hortaliças. Você sabe o que são cereais? E hortaliças? Pesquise e dê três exemplos de cada um.

_____

_____

3 Na Cidade das Esmeraldas, tudo parecia ser feito dessa pedra preciosa. Na verdade, o que causava essa impressão eram as lentes verdes dos óculos que os visitantes tinham de usar para entrar lá. Se as lentes fossem amarelas, o que eles poderiam imaginar? E se fossem vermelhas? Use a sua criatividade!

_____

_____

_____

_____

_____

_____

_____

_____

_____

_____

4 O ciclone que levou Dorothy à Terra de Oz é um vento muito forte que parece um funil e gira em círculos, fazendo muito barulho e destruindo tudo por onde passa.

a) Que outros nomes podemos dar para esse fenômeno da natureza?

_____

b) Cite dois outros fenômenos naturais também barulhentos e que provocam estragos.

_____

_____

5 Apesar de grandes amigos, o Espantalho, o Leão Covarde e o Homem de Lata eram criaturas muito diferentes.

a) Encontre no texto passagens que descrevam cada um dos três personagens.

_____

_____

_____

_____

_____

_____

_____

_____

b) Recolha sucata em casa ou na escola e construa um homem de lata ou um espantalho. Utilize materiais de cores e texturas diferentes.

O mundo maravilhoso de Oz

1 Você sabia que O Mágico de Oz é também um clássico do cinema? Assista ao filme com os amigos e anote no caderno as diferenças em relação à história do livro.

2 O Leão Covarde desejava ter coragem, o Espantalho queria um cérebro, e o Homem de Lata, um coração.

a) Pensando na utilidade dessas três coisas, você acha que os personagens realmente precisavam delas? Explique.

b) Mesmo sendo um impostor, o Mágico de Oz procurou atender aos pedidos de Dorothy e de seus amigos. Você acha que ele os ajudou? Por quê?

c) Se pudesse fazer um pedido ao Mágico de Oz, o que você pediria? Explique.

Respeitando a Terra

1 Na Terra de Oz, muitos animais e plantas viveriam em harmonia, não fosse pelas bruxas malvadas. Você acha importante respeitar a natureza e o meio ambiente? Por quê? Escreva um pequeno texto em seu caderno.

2 Que tal cultivar uma horta ou um jardim bem bonito em sua escola? Reúna os colegas e conversem sobre isso com o professor de ciências.

– Este capuz é encantado? – surpreendeu-se Dorothy.

– Sim. Basta pronunciar as palavras mágicas que estão escritas dentro dele. Os macacos têm de obedecer aos três pedidos feitos pelo dono do capuz – explicou a Rainha Ratinha.

A menina tirou o capuz de ouro e leu as instruções.

– Epe, pep, kake! – disse ela, apoiada apenas no pé esquerdo. – Hilo, holo, helo! – prosseguiu, apoiada no pé direito. E, por fim: – Zizy, zuzy, zik! – com os dois pés apoiados no chão.

Os Macacos Alados logo apareceram.

– O que vocês desejam? – perguntou o rei do bando.

– Queremos ir à Cidade das Esmeraldas – disse a menina.

Ele e outro macaco pegaram Dorothy e a carregaram pelos ares. Outras três duplas levaram o Espantalho, o Homem de Lata e o Leão Covarde. Um macaquinho levou Totó.

– Por que vocês precisam obedecer ao capuz de ouro? – perguntou Dorothy ao Rei dos Macacos Alados.

– Vou lhe contar: há muito tempo, nós, os Macacos Alados, morávamos numa linda floresta.

"No Norte, vivia uma princesa chamada Gayelette, que tinha poderes mágicos. Era casada com um rapaz de nome Quelala.

"Um dia, nosso bando fez uma brincadeira e jogou Quelala no rio. Gayelette ficou furiosa e resolveu nos punir. Meu avô, nosso rei na época, implorou piedade à princesa.

"Ela concordou em nos poupar, mas impôs uma condição: deveríamos realizar três desejos de quem usasse o capuz de ouro.

"Quelala foi o primeiro a usá-lo e ordenou que ficássemos longe da princesa para sempre. Depois, caímos nas mãos da Bruxa Malvada do Oeste. Ela nos fez escravizar os Winkies e expulsar o Mágico de Oz da Terra do Oeste."

Logo, as muralhas da Cidade das Esmeraldas apareceram no horizonte. Os Macacos Alados deixaram Dorothy e seus amigos em frente ao portão da cidade e partiram. Enfim, tinha chegado a hora de reencontrar o poderoso Oz.

Uma revelação surpreendente

O Guardião dos Portões surpreendeu-se ao ver Dorothy e seus companheiros novamente. Entregou a eles os óculos de lentes verdes e conduziu-os pela Cidade das Esmeraldas.

Os quatro viajantes foram acomodados nos mesmos quartos da vez anterior. Ao contrário do que esperavam, porém, o Mágico de Oz não os recebeu no dia seguinte, nem nos outros dias. Todos ficaram muito aborrecidos com isso. Afinal, tinham passado maus momentos para cumprir a difícil missão.

O Espantalho decidiu chamar um empregado do palácio e mandar um recado para Oz:

– Diga ao seu patrão que, se ele não nos receber, nós chamaremos os Macacos Alados!

No outro dia, o grupo foi conduzido à Sala do Trono. O lugar estava aparentemente vazio. Então, eles ouviram uma voz solene:

– Eu sou o Grande e Terrível Oz. O que vocês desejam?

– Viemos cobrar as promessas que você fez – disse a menina.

– A Bruxa Malvada do Oeste está mesmo morta? – perguntou o Grande Oz, com a voz trêmula.

– Eu mesma a dissolvi com um balde d'água! – respondeu Dorothy.

– Puxa! Vocês agiram muito mais rápido do que eu esperava. Preciso de tempo para pensar. Voltem amanhã – disse o mágico.

– De jeito nenhum! – enfureceu-se o Homem de Lata.

– Não agüentamos mais esperar! – falou o Espantalho.

– Se você é tão grande e poderoso, tem de cumprir suas promessas! – falou Dorothy.

– Uaaaaaaaaa!!! – rugiu o Leão Covarde.

Aflito, Totó saiu correndo e derrubou o biombo próximo ao trono. Atrás dele havia um homem baixinho e assustado.

– Quem é você? – perguntou o Homem de Lata.

– Eu... eu sou Oz, o Grande e Terrível – ele respondeu.

34

— Pensei que você fosse uma grande cabeça – disse a menina.

— Eu achei que fosse uma fera – falou o Homem de Lata.

— Eu o imaginei como uma bola de fogo – comentou o Leão.

— Eu fingi ser cada uma dessas coisas! – disse o homenzinho.

— Então, você não é o mágico mais poderoso que existe? – Dorothy quis saber.

— Não! Eu sou um homem comum – falou Oz.

— Um impostor, você quer dizer! – irritou-se o Espantalho.

— Sim! Eu sou um impostor – concordou Oz.

— Essa não! Como eu vou conseguir o meu coração agora? – disparou o Homem de Lata.

— E eu, a minha coragem? – perguntou o Leão Covarde.

— E eu, o meu cérebro? – lamentou-se o Espantalho.

— Chega de lamentações. Eu é que estou em apuros! – disse Oz. – Todos pensam que sou terrível porque nunca me veem.

— E aquela grande cabeça que eu vi? – quis saber Dorothy.

— Foi um truque. Eu sou ventríloquo. Posso projetar minha voz de onde estiver – explicou o mágico.

Então, ele mostrou ao grupo tudo o que havia usado para enganá-los. A grande cabeça, o vestido e a máscara da bela jovem, a fantasia de fera e a bola de fogo.

– Você devia se envergonhar! – falou o Espantalho.

– Mas eu me envergonho. Infelizmente, foi a única coisa que pude fazer. Ouçam a minha história: eu nasci em Omaha, no estado de Nebraska, um lugar muito distante daqui. Tornei-me ventríloquo com um mestre nessa arte. Depois, cansei de fazer isso e me tornei balonista.

"Eu anunciava os espetáculos do circo. Um dia, as cordas que prendiam o balão arrebentaram, e eu fui levado pelos ares.

"Viajei dias e noites até chegar a uma terra desconhecida. Ali, fui recebido pelos habitantes do lugar como se fosse um mágico. Eles prometeram fazer tudo o que eu quisesse.

"Ordenei então que eles construíssem esta cidade e o palácio. Batizei-a com o nome de Cidade das Esmeraldas. Para que todos pensassem que tudo era verde, tive a ideia dos óculos de lentes verdes."

– Quer dizer que nem tudo por aqui é verde? – perguntou o Espantalho.

– Há muitas joias e metais preciosos, mas nem tudo é de esmeralda. Achei melhor me esconder no palácio e não ser visto por ninguém. Fiquei conhecido como o Grande e Terrível Oz.

"Eu só temia as Bruxas Malvadas do Leste e do Oeste. Se soubessem que eu não era tão poderoso, poderiam me destruir.

"Quando vocês vieram me procurar, prometi qualquer coisa para me livrar da Bruxa Malvada do Oeste" – disse Oz.

– Então, você não vai me dar um cérebro? – perguntou o Espantalho.

– Você não precisa de um cérebro. As experiências que passamos na vida é que são importantes.

– Mesmo assim, eu quero – insistiu o Espantalho.

– Volte amanhã e eu lhe darei um cérebro!

– Pois bem, Oz, e a minha coragem? – perguntou o Leão.

– Você só precisa confiar mais em si mesmo. Ter coragem é enfrentar o perigo quando sentimos medo! – respondeu Oz.

– Pois eu quero aquela coragem que faz esquecer o medo – prosseguiu o Leão Covarde.

– Amanhã eu lhe darei esse tipo de coragem – garantiu Oz.

– E o meu coração? – perguntou o Homem de Lata.

– O coração nem sempre faz a gente feliz – disse Oz.

– Agradeço sua opinião, mas eu quero ter um coração.

– Está bem – disse Oz. – Amanhã eu lhe darei.

– Eu poderei voltar para o Kansas? – perguntou Dorothy.

– Preciso descobrir uma forma de transportá-la sobre o deserto. Dê-me alguns dias, está bem? Enquanto isso, peço a vocês que mantenham segredo sobre tudo o que conversamos.

Eles concordaram com o Grande e Terrível Impostor. Apesar de tudo, ainda esperavam conseguir o que tanto desejavam.

Na manhã seguinte, o Espantalho foi o primeiro a entrar na Sala do Trono. Oz aguardava-o pensativo.

– Bom dia! Vim buscar meu cérebro! – disse o Espantalho.

– Sente-se. Agora, com licença, vou tirar sua cabeça.

O mágico misturou um pouco de serragem com agulhas e alfinetes e colocou dentro da cabeça do Espantalho, preenchendo o restante com palha. Então, recolocou a cabeça.

– Você já tem um cérebro. Agora será um sábio – disse Oz.

– Muito obrigado! – agradeceu o Espantalho.

Em seguida, o Homem de Lata foi à Sala do Trono.

– Você veio buscar seu coração, certo? – perguntou Oz.

– Exatamente!

Oz cortou um quadrado no lado esquerdo do peito do Homem de Lata e, então, colocou lá dentro um coração de seda recheado de serragem. Depois, soldou o quadrado de lata.

– Agora você tem um bonito coração!

– Obrigado pela generosidade! – falou o Homem de Lata.

O Leão Covarde foi o próximo.

– Vim buscar a coragem que você me prometeu – disse ele.

O homenzinho pegou uma garrafa verde, despejou seu conteúdo num prato dourado e o colocou diante do Leão Covarde.

– Beba! – disse Oz.

O Leão bebeu tudo, sem deixar uma gota sequer.

– Que tal? Como você se sente? – perguntou Oz.

– Cheio de coragem! – respondeu ele.

O sonho de Dorothy vai pelos ares

O Espantalho, o Homem de Lata e o Leão Covarde estavam radiantes. Dorothy era a única que não estava feliz. Durante três dias ela ficou sem notícias de Oz. Mais do que nunca, queria voltar para o Kansas.

Então, no quarto dia, Oz mandou chamá-la.

– Como vou voltar para o Kansas? – perguntou a menina.

– Não sei onde fica o Kansas, mas é preciso atravessar o deserto. E isso eu já sei como fazer – anunciou Oz.

– É mesmo? Diga-me, então – falou Dorothy.

– Partiremos num balão!

– Você também vai? – surpreendeu-se a menina.

– Sim! Já estou cansado de ficar trancado neste palácio. Além disso, quando descobrirem que eu sou um impostor, todos ficarão chateados comigo – explicou Oz. – O balão será feito de seda. Você me ajuda a costurá-lo?

– É claro! – respondeu Dorothy.

Após três dias, o balão ficou pronto. Então, os dois providenciaram um cesto grande para ser amarrado nele.

Oz mandou avisar ao povo que iria visitar um irmão que vivia nas nuvens e daria uma carona para Dorothy.

No dia da partida, uma multidão aglomerou-se junto ao balão.

– Enquanto eu estiver fora, o Espantalho governará a Cidade das Esmeraldas – comunicou Oz para o povo.

O balão estava pronto para levantar voo.

– Rápido, Dorothy! Não há tempo a perder – falou Oz.

– Eu preciso encontrar o Totó! – explicou a menina.

O cachorro estava no meio da multidão perseguindo um gato. Dorothy finalmente encontrou-o e correu em direção ao balão.

Oz estendeu os braços para ajudá-la, mas, quando ela ia subir, as cordas arrebentaram, e o balão disparou para cima.

– Espere por mim! – gritou a menina.

– Não consigo voltar. Adeus! – gritou Oz lá do alto.

O balão desapareceu rapidamente no céu. Essa foi a última vez que o Grande Oz foi visto naquelas terras.

A Bruxa Boa do Sul

Dorothy ficou muito chateada por ter perdido a chance de voltar para o Kansas. O Espantalho convidou-a para ficar na Cidade das Esmeraldas para sempre.

– Eu gosto muito de vocês, mas preciso voltar para casa – falou a menina.

– Por que não chamamos os Macacos Alados e pedimos para eles carregarem você até o Kansas? – sugeriu o Espantalho.

– Não sei como eu não pensei nisso antes! Vou pegar o capuz de ouro agora mesmo – disse Dorothy.

Então, a menina pronunciou as palavras mágicas. Logo, os Macacos Alados entraram pela janela do palácio.

– Qual é o seu desejo? – perguntou o Rei dos Macacos.

– Quero ir para o Kansas – respondeu Dorothy.

– Sinto muito – disse ele. – Nós não podemos cruzar o deserto, pois pertencemos a este lugar. Adeus!

– Já sei! Vamos pedir um conselho para o soldado de bigode verde – propôs o Espantalho.

O soldado foi convocado à Sala do Trono.

– Nossa amiga Dorothy precisa cruzar o deserto. Como você acha que ela pode fazer isso? – quis saber o Espantalho.

– Não sei. Até hoje, só o Grande Oz conseguiu – respondeu o homem. – Mas, pensando bem, talvez Glinda possa ajudá-la.

– E quem é Glinda? – perguntou o Homem de Lata.

– A Bruxa Boa do Sul. Ela governa os Quadlings e é a mais poderosa de todas as bruxas – esclareceu o soldado.

– Como chegarei ao castelo de Glinda? – perguntou Dorothy.

– Pegue a estrada que vai para o Sul. Mas tenha cuidado! Muitos perigos ameaçam os viajantes – advertiu o soldado.

– Eu vou com você para protegê-la! – disse o Leão.

– Pode contar comigo também – falou o Homem de Lata.

– Quando vamos partir? – perguntou o Espantalho.

— Obrigada, amigos. Sairemos amanhã bem cedo.

O grupo partiu assim que o sol surgiu no horizonte.

No segundo dia, eles foram surpreendidos por uma floresta cerrada. Quando o Espantalho tentou passar, foi puxado por alguns galhos de árvore e caiu de cabeça no chão.

Um galho inclinou-se para pegar o Homem de Lata, mas ele cortou-o ao meio. A árvore ficou balançando. Enquanto isso, ele passou. O grupo seguiu-o rapidamente.

Mais adiante, havia um muro branco alto. O Homem de Lata cortou alguns galhos de árvore e fez uma escada. Ao passarem para o outro lado do muro, todos ficaram surpresos com o que viram: uma cidade de porcelana! Casas, cercas, ruas, galinhas, vacas, ovelhas – tudo era branco e brilhante.

Logo no início, havia uma mulher ordenhando uma vaca, ambas de porcelana. Assustada com os estranhos, a vaca deu um coice no banquinho e quebrou a pata.

— Vocês fizeram minha vaca quebrar a pata. Agora, terei de levá-la à oficina para colar – reclamou a mulher.

— Perdoe-nos, por favor – disse Dorothy.

A mulher saiu furiosa, puxando a vaca.

— Precisamos ter cuidado por aqui – disse o Homem de Lata.

Logo depois, eles encontraram uma princesa com trajes maravilhosos. Ao vê-los, ela saiu correndo. Dorothy seguiu-a.

— Não venha atrás de mim – pediu a princesa. – Se eu correr muito, posso me quebrar. E, então, vou ficar que nem o Palhaço

42

Gozador, cheio de marcas de remendos.

O tal palhaço não demorou a aparecer. Ele usava roupas coloridas, e seu corpo era coberto de remendos. Quando a princesa parou de correr, Dorothy pôde vê-la de perto.

– Como você é bonita! Adoraria levá-la comigo para o Kansas e colocá-la na penteadeira da tia Emily – disse a menina.

– Eu não ficaria nem um pouco feliz com isso – respondeu a princesa. – Servir de enfeite é muito sem graça.

– Fique tranquila. Eu não gosto de ver ninguém infeliz. Adeus! – despediu-se Dorothy.

– Adeus! – disse a princesa.

Os viajantes levaram uma hora para cruzar a Terra de Porcelana. Depois, encontraram outra floresta de árvores gigantes.

– Que lugar maravilhoso! – comentou o Leão.

No dia seguinte, eles viram centenas de animais: elefantes, lobos, macacos, ursos, raposas... Um tigre aproximou-se do Leão, inclinou-se e disse:

– Bem-vindo, Rei dos Animais! Você chegou em boa hora para eliminar nosso inimigo: um monstro terrível do tamanho de um elefante, com oito pernas e parecido com uma aranha.

– Se eu liquidar essa fera, serei o Rei dos Animais? – perguntou o Leão.

– Certamente – respondeu o Tigre.

Sem demora, o Leão foi ao encontro do monstro, que dormia numa clareira. Acertou-o com um golpe e arrancou-lhe a cabeça.

Os animais inclinaram-se diante do Leão, saudando-o como rei. Ele prometeu voltar assim que Dorothy fosse para o Kansas.

Ao deixar a floresta, o grupo encontrou um morro coberto com grandes blocos de pedra.

– Será difícil escalar – disse o Espantalho –, mas vou tentar.

Quando ele estava quase no topo, uma voz gritou:

– Fora! Este morro nos pertence. A passagem é proibida.

– Por favor, precisamos passar. Estamos indo à Terra dos Quadlings – disse o Espantalho.

– Esqueçam! Por aqui não passa ninguém – falou um homem baixinho, com a cabeça enorme, cheio de rugas e sem braços.

O Espantalho achou que seria fácil vencê-lo e avançou.

A cabeça do homenzinho saltou para a frente, como se ele fosse um boneco de mola. O homem de palha foi atingido em cheio e rolou morro abaixo.

Então, centenas de Cabeças-de-Martelo surgiram atrás das rochas. O Leão soltou um rugido e avançou morro acima. Mas ele também foi golpeado e rolou como uma pedra.

– Como vamos derrotá-los? – perguntou Dorothy.

– Acho melhor chamarmos os Macacos Alados – disse o Homem de Lata. – Você ainda tem direito a um pedido.

– Tem razão! – respondeu ela, colocando o capuz de ouro e dizendo as palavras mágicas.

Em poucos segundos, o bando apareceu.

– O que você deseja? – perguntou o Rei dos Macacos.

– Carregue-nos até a Terra dos Quadlings – disse a menina.

Os Macacos Alados transportaram os viajantes pelos ares.

Finalmente, eles chegaram à Terra dos Quadlings. O lugar era coberto de campos de cereais e riachos. As casas, cercas, pontes e até as roupas das pessoas eram vermelhas.

Depois de atravessar campos e pontes, alcançaram o castelo. Três sentinelas de uniformes vermelhos guardavam a entrada.

– Gostaríamos de falar com Glinda – pediu Dorothy.

– Vou ver se ela pode recebê-los – falou um dos guardas.

44

A Bruxa Boa do Sul recebeu-os sem demora. Ela tinha longos cabelos ruivos e olhos azuis. Seu trono era cravejado de rubis.

– Sejam bem-vindos! – saudou ela.

E então, olhando com carinho para Dorothy, perguntou:

– O que posso fazer por você?

A menina contou-lhe tudo o que havia acontecido desde que o ciclone a transportou para a Terra de Oz.

– O que eu mais desejo é voltar para o Kansas. Estou com muita saudade do tio Henry e da tia Emily.

– Você tem bom coração e merece voltar para casa – disse Glinda. – Diga-me: você me daria o capuz de ouro?

– Claro! – garantiu Dorothy.

Então, Glinda perguntou ao Espantalho:

– O que você vai fazer quando sua amiga partir?

– Vou voltar à Cidade das Esmeraldas para governá-la. Isto é, se eu conseguir atravessar o morro dos Cabeças-de-Martelo.

– Vou usar o capuz de ouro para ajudá-lo – disse Glinda. – E você, Homem de Lata, o que pretende fazer?

— Vou aceitar o convite dos Winkies para governá-los. Desde que eu consiga voltar para a Terra do Oeste – respondeu ele.

— Este será o meu segundo pedido para os Macacos Alados – falou ela.

E, voltando-se para o Leão, Glinda perguntou:

— Você já sabe o que vai fazer?

— Pretendo voltar à floresta. Antes, preciso atravessar o morro dos Cabeças-de-Martelo.

— Este será o meu terceiro pedido aos Macacos Alados. Depois, devolverei o capuz de ouro ao rei para libertá-los para sempre do encantamento.

— E como eu voltarei para o Kansas? – perguntou Dorothy.

— Seus sapatos prateados vão transportá-la. Eles são mágicos! Você poderia tê-los usado desde o começo – disse Glinda.

— Mas aí eu não teria um cérebro! – falou o Espantalho.

— Eu não teria um coração! – emendou o Homem de Lata.

— E eu ainda seria covarde – completou o Leão.

— Foi bom ajudá-los, amigos! Mas preciso voltar para casa.

De volta para o Kansas

    Dorothy despediu-se do Espantalho, do Homem de Lata e do Leão. Ela jamais os esqueceria. Depois, pegou Totó nos braços, acenou para todos e ordenou aos sapatos prateados:
— Levem-me para o Kansas!
    No mesmo instante, ela e Totó foram transportados a toda velocidade pelos ares. Em alguns segundos, já rolavam nas campinas do Kansas. Tio Henry ordenhava as vacas no curral.
    Dorothy saiu correndo rumo à nova casa que havia ali. Os sapatos prateados tinham desaparecido.
    Tia Emily estava na cozinha preparando o almoço. Ao olhar pela janela, viu Dorothy vindo em sua direção.
— Minha querida menina! — gritou ela.
As duas se abraçaram.
— Por onde você andou? — perguntou tia Emily.
— Na Terra de Oz! Um lugar incrível! — respondeu Dorothy. — Ah, como é bom estar em casa!

47

Quem foi L. Frank Baum?

Lyman Frank Baum nasceu em 1856, no estado americano de Nova York. Jornalista, dramaturgo e escritor de histórias infantojuvenis, ficou conhecido por seus livros sobre a Terra de Oz.

O primeiro deles, *O Mágico de Oz*, foi escrito em 1900. Sucesso imediato, a obra tornou-se um dos maiores clássicos da literatura infantojuvenil de todos os tempos, sendo inclusive transformada em espetáculo musical e em filme.

A partir de então, Baum criou mais treze histórias sobre o tema, entre eles *Uma estrada para Oz* (1909) e *A princesa perdida de Oz* (1917). Ao longo de sua vida, escreveu cerca de sessenta livros. Morreu em Hollywood, na Califórnia, em 1919.

Quem é Lúcia Tulchinski?

Lúcia Tulchinski iniciou sua carreira de escritora em 1994, com a publicação dos livros *Vupt, a fadinha* e *O porta-lápis encantado*, ambos da Editora Scipione.

Formada em jornalismo pela Universidade Federal do Paraná, foi roteirista dos programas de tevê *O agente G* e *Mundo maravilha*, da Rede Record.

Desde criança, é apaixonada pelo universo literário e guarda com carinho o primeiro livro que ganhou de presente, aos seis anos de idade: *Contos de Perrault*.

Para a Reencontro Infantil, adaptou *Viagens de Gulliver*, *Viagem ao centro da Terra* e *Fábulas de Esopo*.